Un hogar para Dog

Editorial Bambú es un sello
de Editorial Casals, S. A.

© 2007, César Fernández García para el texto
© 2007, Pep Brocal para las ilustraciones

© 2007, Editorial Casals, S. A.
Tel. 902 107 007
www.editorialbambu.com

Diseño de la colección: Miquel Puig

Segunda edición: noviembre de 2008
ISBN: 978-84-8343-026-2
Depósito legal: B-49.319-2008
Printed in Spain
Impreso en Índice, S. L.
Fluvià, 81-87. 08019 Barcelona

UN HOGAR PARA DOG

César Fernández García
texto

Pep Brocal
ilustraciones

bam bú
EDITORIAL

6

El perro Dog vivía solo en su cabaña del bosque. Aquella mañana los truenos retumbaban sobre su casa. Desde la ventana del salón veía caer la lluvia. De repente, un rayo cayó sobre el tejado.

El fuego prendió en la madera y, poco a poco, tomó toda la cabaña. Dog tuvo que salir para cobijarse bajo un árbol. El agua del cielo no lograba apagar las llamas. El perro tiritó de miedo y de frío.

9

«¿Qué puedo hacer?», se preguntó, mientras las lágrimas le caían de los ojos.

Cuando la tormenta se fue, la cabaña ya había quedado destruida.

Al ver a Dog tan triste, una ardilla le dijo:

—Tienes un problema. Pero no debes llorar, sino buscar una solución.

11

–No hay ninguna solución. Vivía en la mejor cabaña del mundo. Y ya nunca tendré una igual.

–Pensemos... ¿Por qué no buscas otra cabaña que esté deshabitada?

–No existe ninguna. Conozco el bosque muy bien –aseguró Dog.

Un conejo se sentó junto a él:

—¿Por qué no te vienes a vivir conmigo en mi madriguera?

—Yo no quepo —respondió Dog, y lloró con más rabia.

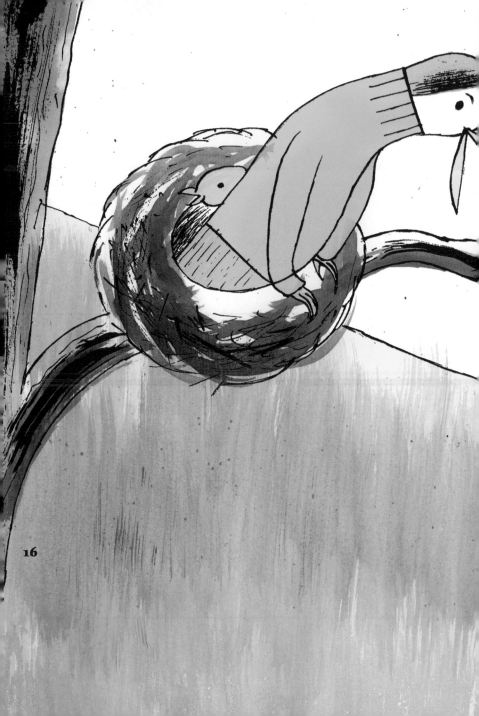

16

–¿Quieres vivir en mi nido? –le preguntó la urraca desde una rama.

–¿No te das cuenta de que tu casa es muy pequeña para mí?

–¿Y en mi cueva? –le preguntó el oso.

–¡Imposible! En tu cueva hace mucho frío para cualquiera que no tenga tu pelo.

Una cigüeña, que pasaba por allí, dijo:

–Lo mejor es que construyas una cabaña nueva.

Dog protestó:

–Yo sólo quiero la cabaña que se ha quemado. Un amigo leñador me la hizo con las mejores maderas del bosque.

Dog lloró y lloró. Los animales del bosque querían ayudarlo, pero no sabían cómo.

La ardilla se marchó al interior del bosque. Trajo unas tablas de madera y las dejó en el suelo.

—Empieza a construir tu nuevo hogar con estas maderas. Luego te traeré todas las que necesites.

Pero Dog no se conformó. Pataleó furioso.

—¡Nunca podré hacer una casa tan buena como la de antes! Además, ¿de qué me sirven estas tablas si no tengo herramientas?

La urraca trajo de su casa una caja. La dejó a los pies de Dog y le dijo:

—Dentro encontrarás las herramientas y los clavos.

Dog siguió quejándose.

—¡Mi cabaña estaba tan bien hecha...! Además, no sé construir una nueva.

La cigüeña intentó animarlo:

–Yo sé cómo se hacen. Te ayudaré.

–¡Mi cabaña era tan cómoda! Tenía un suelo tan blando...

–Nosotras te traeremos nuestra lana para que te hagas una alfombra –le dijeron las ovejas.

–¡Bah! Nunca será una casa tan bonita como la de antes. Mis cortinas eran tan preciosas...

El conejo se marchó corriendo. No tardó en regresar con unas telas blancas y amarillas:

–Éstas pueden ser las cortinas de tu nueva casa.

Dog echó un vistazo a su alrededor. Los animales lo miraban. Se enjugó las lágrimas y empezó a trabajar.

Fue clavando las tablas como le decía la cigüeña. La ardilla lo ayudó a poner el tejado.

El oso trajo un par de palas, con las que Dog y él excavaron un sótano. Sería un cuarto para jugar.

Entre Dog y el conejo colgaron las cortinas. La urraca le consiguió muebles y le echó
una mano para pintar las paredes. Las ovejas
le trajeron lana y lo ayudaron a extenderla
por el suelo. El suelo se convirtió en una blan-
da alfombra de lana.

Dog sonrió cuando la nueva casa estuvo terminada. Era más bonita, más nueva, más cómoda y más grande que la anterior. Miró a los animales que estaban junto a él.

–Amigos, muchísimas gracias por vuestra ayuda.

39

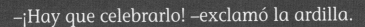

–¡Hay que celebrarlo! –exclamó la ardilla.

–Sí, sí –reconoció Dog–. Haremos una fiesta en mi nuevo hogar.

–¡Bien! Nosotros traeremos las bebidas –dijeron unos.

–Y nosotros la comida –añadieron otros.

–Y yo el karaoke –propuso la cigüeña.

A la fiesta acudieron todos los animales del bosque. Cantaron con el karaoke hasta la noche.

Cuando las primeras estrellas aparecían en el cielo, un trueno retumbó en el bosque. Dog tuvo miedo.

–¿Os imagináis que cae un rayo? ¡Me quedaría sin casa de nuevo!

La ardilla sonrió al ver tan pálido a su amigo.

–¡Bah! Pues te harías otra casa nueva con nuestra ayuda.

43

Guiñando un ojo a Dog, la cigüeña añadió:

–Sería un trabajo duro. Pero no te rendirías, ¿a que no?

Dog se quedó pensativo unos instantes.

–Tenéis razón –dijo por fin, y abrazó a cada uno de sus amigos.